JN067224

ヴォルガ残照

白井知子

思潮社

ヴォルガ残照

白井知子

思潮社

ヴォルガ河流域

フィンランド
ラドガ湖
オネガ湖
キジ島
エストニア
サンクト・
ペテルブルグ
白湖
ゴリツィ
ラトビア
リビンスク貯水池
ウグリチ
コストロマ
プレス
ベラルーシ
ペルミ
モスクワ
ヤロスラーブリ
ニージニー・ノヴゴロド
マカリー修道院
カザン
カマ川
チェボクサールイ
ナベレジニエ・
チェルニ
ウリヤノフスク
サマーラ
サラトフ
ヴォルガ河
ウクライナ
ヴォルゴグラード
ドン川
アゾフ海
ロストフ・オン・ドヌー
カザフスタン
ヴォルガ河
アストラハン
黒海
カスピ海

目次

装幀＝山元伸子

ヴォルガ残照　白井知子

約束の旅　ヴォルガを船で

二〇〇二年　晩秋
中央アジア　ウズベキスタンへ旅に
――アッサラーム・アライクム　ごきげんよう
（あなたに平安がありますよう）
アラビア語での挨拶をかわし
イスラム教徒の地を歩いた

首都　タシケントで
ヴォルガ・タタール人の家に泊めてもらった
ラマダンの夜明け
チャイをいただきながら告げたのだ

母親　フィルーザ・ナズメッディノワさんの故郷
ヴォルガに　いつの日か
きっと　行きますと

約束の旅まで十七年
二〇一九年　秋　黄葉した林を両岸に
ヴォルガは流れていく
夕映え　朝まだきの静けさ
さまざまな民族が複層の歴史に織りなされ
わたしは人の息衝きにもまれた

二〇二二年二月二十四日
戦争は終わらない

白樺の木立　ゴリッツィ

秋の並木道
キリロベロゼルスキー修道院
濡れた白樺の樹皮を指でなぞっていく
しんとした生いたち

遠景へ　耳をすます
風だけがわたる白樺林に踏みいり
うっすらした木洩れ陽のほかは
見つめまいとして
あてどなく歩いていけたら
自分というものを忘れてしまうまで

白樺がお好きなのですか

イリーナさんが声をかけてくる
ヴォルガを下る船のガイド　英語の

ヴォルガ支流
シェクスナ川と向かいあう町　ゴリツィ
すこし奥まった修道院
どちらからともなく　ふたりで巡ることに
ロシア正教会の森厳さ
イコンの眼差しは
像そのものにそそぎこまれ
名もなき人びとの祈り
祭壇の前で

あなたは　じっとしたまま
十字を切ることも
蠟燭を灯すこともしない
祈りのときを奪ってしまったのか
異邦人とともにあることで

すっかり冷えてきたわね
秋だというのに
ええ　まもなく雪　ヴォルガは凍ります
わたしたちの船が最終ですから

泥濘をよけ　中庭を歩いていった
スミレや名もしらぬ花
かがんで触れる

ロシアの若者は
神を信じているのかしら

イリーナさんに訊いてしまった
あなたは雨を手にうけ
垂れこめた空を仰ぎ
僧房のほうへ

わたしは「神」を信じてはいません
こんなこと　話してもいいのでしょうか
教会にはめったに行かないので
祈りの捧げ方がわからないのです
友人も教会には行ってないみたい
ロシアは広い　とても
他の土地のことは知らない

若者は「キャリア」
「キャリア」が第一なのです
生活していかなければなりませんから
大学で英語を学びました
故郷はロストフ・ナ・ドヌー
ドン川の下流　アゾフ海の付け根にあたるところ
インドへ　三回　旅した父は
仏陀を信じるようになりました
イコンは祖母の部屋にだけ

傘をたたむ
修道院をあとに
うすい陽がさしてくる
この土壌

季節を彩る樹木　草花　わたしたち
ともに創造の途上
民家の庭に薪が積まれてあった

ロシアの詩を朗読してほしい
イリーナ　あなたに　あなたの声で
いつか　船上の夕映えの空のもと　聴かせてくださいませんか……

濃霧

ヴォルガを下る船
停泊する夜半
カーテンからのぞくと
たちこめる霧
そっと　廊下に出る
痺れる冷たさ

人の気配
螺旋階段で項垂れている
振りむくと　ひとり　また　ひとり

歩いてくる
髪が濡れている
この先の部屋から出没したわけではなさそうだ
足を引きずり
ばらけて歩いてくる

わたしだけが音

旧式の船だ
寄港地での下船を厭い
古びた乗船名簿への記名をにじませ
忘れられていく者
こんな夜
はぐれた形象へ還るのを
懊悩ごと　許されることも

怯えに　わたしを強いたきり
亡き者の境域へと追撃する
刻をひそかに謀(はか)っているのだろうか
もしや
旅人らの残影を曳き
水の階段を降りていくのが
この身に課せられた掟なのだとしたら
幻を霧と名づける遺風とも

密房である船室へもどる
わずかに歪むクローゼットを端からあける
濃霧に突っこめば　鉄の塊は

毛布を身体に巻き
坐して眠らない

うつうつと　つい
いつカーテンをあけたのだろう

部屋中にそよいでいた
錆朱の水草が　唇に新芽のようなもの　明け方
罠だ
ヴォルガ
水底からの

水の精霊

ふっと純な心にもどったとき
たちあらわれる
ルサールカ
長い巻き毛で
通りすがりの青年の気をくすぐるや
湖沼へ引きずりこみ
こっちへいらっしゃい
底へ沈めるまで遊びほうけてしまう
悲しみを負った奔放さ
きょうの雨に濡れる

水の精霊
ルサールカ
入水自殺の娘　水におぼれ死んだ少女
若くして逝った女性の魂

布の大好きな
ルサールカ
夜更けて　蒸し風呂にしのびこみ
母屋の女主人が
台に置きっぱなしの
亜麻の繊維の束を
夢中になって紡ぎだす
野生の裸身につけるのは
葉っぱや帯なしのシュミーズ

原生林から　はるかな時代をへて
ことばに生みだされ
音声にとっぷり浸かってきたロシア土着の
神話の精霊
哄笑が森にひびく

スーツケースの底の端切れ
縫いあわせましょう
柄をうまくあわせたストールがいいわ
あのヘーゼルブルーの瞳をもつ
ロシアの双子の姉妹に
ぜひ贈りたい

朝のエクササイズの指導員
雨が降ってくるなり

大胆に浮かれだし
集う者を帰そうとしない
こっちへいらっしゃい
わたしのルサールカ
双子の姉妹

陰府を透かし　生を熟れさせ
神話は未完なる哀歓
魅(まどわ)しゆらぐことば
次は誰が話してくれる番ですか
精霊に招かれるのは　あなた

＊佐野洋子『ロシヤの神話　自然に息づく精霊たち』（三弥井書店）参照。

杳い大地　ヤロスラーヴリ

古都　ヤロスラーヴリの
イリヤ教会
ロシア正教の聖堂に
慎みの歩を踏みいれたとき
みまわれる息苦しさ
秘奥へいざなうイコンに信者はまみえ
神からの慰藉に
ひきとられていく

なんてこと
信者を横切ってしまった
聖障(イコノスタシス)のほうへ歩きだした瞬間
　イズヴィニーチェ
　ごめんなさい
わたしを睨みつける
初老のロシア女性
バスに乗って
団体でやってきたようだ
怒りをかくさない
いま一度　わたしを睨み
あなたは聖障への列に並んだ
最前列でようやく鎮まってくれたか
祈りを捧げている

わたしはスカーフを結びなおし隣室へ
保存のいいフレスコ画をあおぐ
人いきれ
蒸されるような熱気がたちこめる
宗教弾圧がひろがった革命後のソ連
ロシア正教の聖職者たち
処刑　銃殺され
身の危険は
信者であるというだけでも
蠟燭の炎は窓に映らぬよう
語らいの輪をぬけだし
うめき声を押しころした人たち
歎息は影にとけだし
身をこごめ　神に縋っただろう

聖堂の石段を下りる
外気を吸いこみ　吐きだすこと
それだけをしたい　いまは

帰りのバスに集まっている人たち
婦人たちと喋りつづけてはいても
あなたは目を剝き
わたしを放さない
もしかして
霊的キリスト教徒の末裔　そんな

たじろぎを抑え
女性のもとへ
　イズヴィニーチェ　ミニャー
　わたしを許してください

廃屋　プリョス

岸辺の林は
秋に添われ　ヴォルガの上流へ
うすれてくる
携えてきた手紙の句読点　わたしは
下流へ

早朝　船は右岸
小さな町　プリョスに錨を下ろす
まずは下船だ

藍淡い光　乾いた土を踏む
きのうのベンチに　のこされた会話
水辺の風が架けわたされ
透かし編みで
教会の庭へぬける
まだ人影のない市場から
民家のほうへ

割れた窓ガラス
壁紙が剝がれ
ヒールの欠けた靴
床に転がるあまたウォッカの空壜
蠱惑の澱はまどろみ
廃屋らしい
たがいの肌を

格子のようにしてあてがい
蒼白な魂を　問いつめ
懺悔しあった夜もあっただろう
赦しあえたのか
納屋の戸はあいたまま
玄関の南京錠に挿んである褪せた封筒
どんな言伝てがロシア語で

林檎を掌であたためながら
坂道をのぼる　白樺の木々　ナナカマド
何軒か廃屋

荒れ庭の古い家
二階の窓から
婦人が手を差しのべ　すぐに　消えた

愛をひたぶるに求め
灼ける寂しさに耐えたのですか
とは　聞きかえせず

あてどもなく旅をするしかない
荷崩れた窮境を折りかさね
家を棄て
人は小さな町から
去っていく

銀河を漕いでいけますよう　ニジニノヴゴロド

迷夢の透ける地図
閉鎖都市　ニジニノヴゴロド
古い高層アパートが林立し
雑色の眼球という生きものが
窓にはりつき　ソ連を見おろしていたのだ

錨をまきあげ出港
ビジネスで日本にわたり
帰化した中国人の男性と
夕食の席をともにすることに

赤レンガの城砦のなか
戦闘機が　けっこう並んでいた
子どもは無心さ
乗って遊んでいたじゃないか
戦争はご免だ
ぼくは人民軍で戦場へ出てる
日本で穏やかに暮らしたい
それがすべて

港の灯りから遠ざかる
かれは窓外に目をやり
回想の戦地へ戻ろうとしているのか
蹴りだした地雷原をまっしぐら走りだし
泥沼に引きこまれながら

巡らせているかもしれない
禁戒の柵を

ロシア美人のウェイトレスが
コーヒーをついでくれた

中央アジアに行ったのは
十七年も前のこと
タシケントで
カザン生まれ　ヴォルガ・タタール人の
女性にお世話になった
覚えている　彼女のことば

　夏に故郷のカザンへ行って作ってきた
苺の砂糖煮　お口にあうといい

ヴォルガは美しいわ
　いつか旅をして

あの瞬間から
船のタラップに足をかけていたとは
亡くなってしまった　フィルーザさん
わたしがここにいること　黙契だといい
死者を偲ぶことは　人間の証しだ

声は醒める

旅の先には独ソ戦の激戦地
ヴォルゴグラードがある
スターリングラードだ

この船の乗客
ドイツ人がざっと百二、三十人
アルバニアやポーランド系の人がわりといる
あとはヨーロッパからちらほら
わずかに日本人

人生は可笑しくもありか
どうも　危っ怪な運命の積みのこしみたいなもんだ
自分が振り子時計で　吊るされてるのは
もどかしい
そう　変わらないぼくの童顔さ

この旅　お気に召しましたか

さて　どうかな
あっちにも　どこやらの機関の目だ

ウォッカを内ポケットにしまい
席を立っていった

フィルーザさん
タタール人のあなたとともに
ヴォルガの流れに声をさらして
夜の更けるまで編みましょう
子どもたちが銀河を漕いでいけるよう
小舟を——
きらめく小舟を

*ニジニノヴゴロドは、一九三二年から九〇年まで、この地で生まれた文学者マクシム・ゴーリキーにちなみゴーリキー市と呼ばれていた。ソ連時代には外国人の立ち入りが禁止された閉鎖都市ならびに国内流刑地だった。

*史上最大規模といわれる市街戦「スターリングラード攻防戦」の地。ドイツ軍が投降する。一九六一年からヴォルゴグラードと改名された。

夜明けのチャイ　カザン

明けやらぬ空
ただようのは　いま　静けさだけ
想いだす　生きる振る舞いを
異国でやさしく示してくれた人
船はヴォルガを　カザンへ

中央アジア　ウズベキスタンを訪ねた晩秋
ヒジュラ暦のラマダン

断食月

タシケントで　イスラム教徒の
ヴォルガ・タタール人
母と娘　二人暮らしの
ナズメッディノワ家に泊めてもらった
モスクやミナレットが
うっすら素描されてくる夜明けから
母親のフィルーザさんと
英語でゆっくりした会話

ロシアの作家は誇りです
貧しかったので
小説を読むことだけが救いでした
チェーホフは最高　トルストイ
フランス小説も好き

日本のものでは『砂の女』が忘れられません

歴史に揉まれ　内省の感をいだき
ときめきの沃野を鋤きおこしていく女性
書架から本をぬき
詩の好きな友への贈りものと　わたしへ

あっ　アンナ・アフマートワですね
白い表紙に抽象の肖像画
ご存知でしたか
ドイツ軍に攻められ
アフマートワは　タシケントに疎開しました
一九四一年から三年間
年譜はここよ

左にロシア語　右に英語の対訳詩集
この詩人のいくつもの作品がのっていた
東京の小部屋で
『鎮魂歌（レクイエム）』の翻訳を読んだころのこと
かつて書いた詩のモチーフが蘇ってくる

スターリン統治下
アフマートワの身代わりとして
息子がシベリアに送られることになった
レニングラードの牢獄の前
差しいれを抱え
ともに列をなす女性たちの悲しみへと合流するため
詩を書く　『鎮魂歌』
数行書いては友人に覚えさせ
紙は灰皿で燃やし

記憶をたやさぬよう　暗誦しつづけた詩人
アンナ・アフマートワ

フィルーザとわたし　声にだし読みはじめた
ロシア語をフィルーザ　わたしが英語
耳もとで聴くロシア語はあたたかい

半世紀を　それぞれ
時空を異にして生きてきた女たちが
ラマダンの夜明け
タシケントで出会った
ヴォルガの畔　カザンで生まれた　フィルーザ
肉体からとかれたひとりは
受難の証人である人びとの記憶を
未来につなげるロシアの詩のことばとなり

わたしは呼ばれていたような気がした
いのちという荷だけを負い

フィルーザが
熱いチャイを淹れてくれた
差しいれを抱え　列をなす女性たちのため　そして
わたしたちに

帰国してから
九年たつ夏の日
娘さんから届いた手紙
急病でママが亡くなりましたという文面の

フィルーザさん
あなたとの約束を　いま　果たしています

あらっ　水かげろう
きょうはカザン　お会いしたい

＊カザン　ロシアにあるタタールスタン共和国の首都。
＊ラマダン　イスラム暦の第九月。日の出から日の入りまで断食を行う。
＊ミナレット　イスラム教のモスクに付随し、礼拝告知（アザーン）を行うのに使われる塔。

拙詩集『秘の陸にて』（二〇〇七年、思潮社）の「タシケント　夜明けのチャイ（あとがきにかえて）」からモチーフを引き継いでいます。

アラビア語で祈りを　カザン

漂うままに
旅をつづけています

口もとがふるえる女性とすれちがった　愛しい
フィルーザさん　あなたですか

カザンの路地をたどっていく
ひらり　女性は裾から吸いこまれてしまう
曲がり角へ
追ったが姿はない
野茨のからまる木の柵

うかがいしれぬ町
わたしは変幻する人をさがしている
アカシアの木洩れ陽から
まぎれもない懐かしい声

小説を読むことだけが救いでした
人間というものの深遠を
わずかなりとも透視できれば
人生の謎は　いつの日か
別の謎と呼びかわし
背中をおしてくれるでしょう

たったひとりの　ことばの祝祭

多種のことばに織りなされ　なおも
カザンを恋い
白壁のクルシャリーフモスク
イスラム寺院のなかへ消えていった人
秘された憂いを
さながらスカーフで覆い　額づき
アラビア語で祈りをささげている
イスラム教徒の
あなたですか

冷えびえとし
カザン・クレムリン
隣りあって建っていたモスクと聖堂
幾多の民族の系譜

フィルーザ
呼ばれてる
広い庭
錆びたブランコ
家族ぐるみで料理のたけなわ
あなたの生家ですね
笑い声があふれ
語りつがれた先祖たちさえ
なに厭うことなく　タタール語で
お喋りにまじってしまうなんて

秋の窓辺
歳月にたわむ椅子に抱きとられ
息つぎからは去っても
あなたは羨望をさそうまでに

ロシア小説を読みふけっている
極北の星から
ヴォルガ
はるかにけぶる流れ

真夜中の晩餐　ウリヤノフスク

夕暮れから寝いってしまい
真夜中のこと
船室への電話でレストランへ呼びだされた
左舷の窓辺の卓にだけ　ほのかに
灯りがともっていた

そそがれるワイン
イカのグリル
野菜をたっぷり煮こんだラタトゥイユの皿

ガラスの器に果物がもられ
アルスカヤさん　上級乗務員が隣席に
前は副船長
緑をおびたグレーの眼
黙々と食しているが
暗がりから目を逸らさない
沈黙にとどめおかれ
わたしには鎖骨をこごめての風味

誰かを待っているのか
空いている左席に座る人を
あっ　足音かしら
扉をあけて入ってくる
ついに　現れたのか　待っていた人なのか

語りだすアルスカヤさん

午後にウリヤノフスクで下船したとき
生家をたずねたでしょう
ベートーヴェンの「熱情」を好んだ人
かれの最愛のママが弾いている
生家のピアノを

小柄な老人だった
手擦れた革表紙の本を脇にはさみ　狷介にして
どこか　覚束ない歩きよう
灯りの近くまで　咳きこみ
腰かけるのをためらい　窓外を窺う

アルスカヤさん

わたしに耳うち

誰だかおわかりでしょう
行方不明になりそうなご自分を警戒してるみたい
難問に精を出しておいでなのよ

副船長　独り言のように

ウリヤノフスクあたりまでくると
なぜか呼吸がぶれて
操縦がしにくい
郷愁にかられもするんだろうな
船にやってくることがあるんだ
いつも　無言さ　かれは

船窓に
雨があたる
秋なのに凍みる殺気
そこはかとなく漂うのは　亡霊か
聴かせてほしい
樹間に立ちすくみ　寒さに倦みつかれる憂い
霧のなかから　蹌踉(よろぼ)い這いでてくる
名もなき人びとの声を……

人間の　生きものの細胞
その襞を余すことなく
ふるわせる声

＊レーニンの生家は、ウリヤノフスクにある。

青い眇　サマーラ

ヴォルガとサマーラ川が合流する
中洲にひらけたサマーラ

レニングラード通り
ロシア正教会　庭の門があいていた
歩道で椅子にすわり
沈着の呰ごとき陽くずを纏う老女
アスターの花束をかかえ
わたし　微笑みで包まれてしまう

こちらの心のあやうい縫い目
そこを癒しながら衝いてくる　手ぎわよく
ほどけていくのを推しはかるや
青い眇で
顳顬(こめかみ)をさっと啄く
かの女　いきなり　椅子から立ちあがり
わたしの背中に腕をまわしてくる
老女の骨格　贅肉はない

一束の花を買う
気をよくしたのか
日々の習いか　声がうるみ
ひたすらに訴えてくる
森のうっそうとした葉叢を
情動でそよがせ

汲みつくせぬ愛に渇き
ささやかにも大胆に繰りだされる響きだ　ロシア語
英訳してくれた
通りがかりの娘さんが一節だけ

世界で一番大切なのは
やさしさ　そして平和
これは誰が何と言おうともただしい

百年の後
荒野で誰かが最期の水をたやし倒れていく
耳へ恵むのは　息つぎ
地上で吐ききれなかった声
それに擬えての
あさい咆哮　喘ぎ

すべてを濾した静けさ
至高の　無音

独りになりたかった　人通りから離れ
公園のほうへ歩いていった
楓と肩ふれあわせ

小舟で　カタリーナと

船に横づけられ
小舟が降りていた
カタリーナとわたし
跳びうつる　早朝
カモメの群れが寒風に乗っていく

昨夜　彼女が提案してくれたのだ
曾祖父の家に行ってみましょうと
ヴォルガのあたり
昔　ドイツの人たち
大勢暮らしていたようですね

訊いてしまった　わたしに
ドイツ女性から
櫂を漕ぎだす

ヴォルガ地方のサラトフに入植したんです
十九世紀のおわり
原野だったでしょうね
冬には河が凍って
水源は地下水しかなかったらしい
ヴォルガ一帯に広く暮らしていた
祖父も農業をつぎました
父と母はロシア生まれ　そう　サラトフ
苦労話を父はあまりしなかった
寡黙な人でしたから

収穫できた年は明るかったはず
ほら　丸太小屋に煙突

ペチカ
板かべに長椅子
赤ちゃんのベッド
パンが焼け　魚や野菜を煮こみ　家族で食事
お喋りも笑いもわかちあい
慈しみを覚えていく
お祖母さんのエプロンの裾をひっぱって
連れだすところは　どこかしら
夜になるたび　ことばに
灯りのともる
物語のなか
楽しさに挨拶し

淋しさをなだめられ
子どもたちは　こっくり夢のなか
丸太小屋で　みんな　みんな眠ってる
白樺の木が歩いてる

カタリーナの声
遠い家族に語りかける
野に咲くヤナギランになりたい
わたしは耳をそよがせ聴いている

小舟のほうへ
差別をうけたの
一九二〇年代のはじめころ
入植者の州がひどい飢饉になったわ

むずかる幼児を
膝の上　ゆすっている
母親は黙って胸にひきよせ
お乳をふくませる
乳首を嚙むだけ
ちいさな者は声をあらげ　泣き叫ぶ
床に落ちる　ひろいあげようと
手をさしのべる
暴れて泣きやまない
まわりでつぶやきが起きる
母親は正気を失っていく
なにも見ない
食べるものはない
羽虫の群れが駅舎に

岸辺の駅舎をあとにする
泣き声は水脈となり
このまま流されていくのだろうか

一九二九年　ドイツに帰国しました　祖父一家
ヴォルガの飢饉で
ドイツ人は傾いたらしい　ナチスに

大型船で逃れたヴォルガ・ドイツ人
下船し　ドイツの土を踏んだ
オーバーを着こみ
吹雪にあおられ
凍えさせてはならない記憶はトランクのなか
ぐしゃぐしゃに詰めこんで
赤ん坊を抱き

子どもたちの手を引き
せめてもと　どの子も帽子をかぶってる
極寒を耐えるため

ドイツ語の地名はロシア語にされたから痕跡はない
ドイツ人たちが住んでいたことを示す　この地に
カタリーナ・クラフト　消えてしまいそう

耳に射しいることば
含みもたれている
出あえなかった人々の声の行きかいに
聴きいる　ともに奏でられ
残響のかなたまで

陰鬱になる
吸いこむ　きな臭さ

老人と子どものシルエットが先のほう
ヴォルガの対岸と向きあう
展望台の頂きに
わたしは足早に歩いていく

カザフスタンから旅にきたという
かれらのまな裡から
草原の日没
ふたりの隣りにいたい
別れぎわ
男の子が手を振った
顔だちの似た者への親しみからか

思いがけないその動作
カザフの遥か親族　働き者で実直な女性と
わたしとの一瞬の差しかわし

稲妻をとおし　傷ついた隘路から
蠕動してやってくる子ども
ライラックの花を
まさぐり

生まれつき笑えない　アサン
這ってくる息子　そっと抱きあげる
骨折しないように
生野菜をほおばる　吐くこともあるけど
病院に連れていくと　息子と同じ

貧血の子どもばかり
奇形の子も
どうしたの　どうして
この土地はおかしい
村人は口々に言う

姉妹と
草むらに寝ころんで
アサンは見あげることが大好き
広い　広い空の青さを

太陽が
もうひとつ
いろんな色の雲がのぼる

静かだ
あっ　雷の音
水の光が焦げてる
土も石ころも吹きあがってけむいよ
息が苦しい
なんだか　暗くなっちゃった
世界のはじまりの風景が呼ばれたのかな
天がひっくり返ったみたい
なにを咎められてるの
羊や牛　鳴かない
晴れるといいね

子どもは
未来の　こだま

真っさらに透ける無邪気な心
人類の果てしない記憶ごと
明かされぬ〈時間〉に造形され
生ききろうとする
たいした自尊
〈きょう〉という日の目撃者

カザフスタン
核の実験場とされたセミパラチンスク
その風下にある村

旧ソ連の核実験
数百回つづけられた　半世紀
子どものうぶ毛がそよぐ
牧草地の風って　明るい緑

愛称はリーザ　スターリングラード

削ぐ風
ママエフの丘
とうとう　船でたどりついた
ヴォルガ西岸　スターリングラード
いまだ独ソ戦の亡霊が棲む

戦没者の慰霊堂
二百段の階段をのぼり
巨大なモニュメントが威圧する

衛兵による厳めしい動作から遁れようとして
わたしは外へ
鉄柵の灌木のもと

あらっ　スカートの裾だわ
枝にひっかかってる　待って
ほら　だいじょうぶ

うすい人のかたちした少女
跳ねるように行ってしまう　森のなか
ふり返るなり

秋の陽ざしをあびたくて
はみだしてしまった　鋼鉄の森から
ふれてはいけない　炉なのよ　戦争の

少女は枝先に
うすいかたちをあずけている
お名前は　いけない　訊ねるなんて咎

エリザヴェータ
愛称はリーザ
爆弾が降ってくる
草も葉っぱも花も木の根　虫も
大好きなヒメシジミ蝶も食べるの
そうしたらね　ママが
あなたの胃のお部屋で　今夜
蝶たちがたくさん結婚式をあげるでしょうって
その夜は　わくわくしたわ

横倒しの樹木　血ぬられた地
両脚の長さがちぐはぐ
少女は跳ねていく

知らない女の子のなかに鎔けた
この町を撃ちまくる爆弾よりまぶしい地獄
影だけ石に張りついてる子
砂漠の青年のなかにも

銃声の木霊
隣駅から兵士や武器を運ぶ列車のレールが撓んでいる
どうやって鎔けたの

　さらわれちゃうのかな　わからない
ことばにはね　昔からの人たちが

おしゃべりしながら棲んでいるから
粗末にしてはいけないって
お祖父ちゃんの口ぐせ
でも　ほんとうは怖い
ことばって魔物

鋼の幹や枝　蔓草の切っ先がからまり
肉厚の花が赫赫と咲きこぼれ
子房を毟ろうとしてる

リーザだわ
どうするのかしら

星より遠くまで飛ばされちゃった弟のため
きれいな実になるところがいい

あの子には笑ってる瞳が似あうもの

あなたはたいしたお姉さん
おばさんにも子どもがいるわ

その子　まだ　吹っ飛んでないの？
吹っ飛んだら　おばさんが接ぎあわせてあげないとね

もしかして　ママがやってくれたの？
傍にいてくれたのね

骨ごと　ふっくらしたのを
肉のかたまりを接ぎあわせてくれたはず
わたし気絶してたのね　だけど
ママにきまってる

すごく腕のいいお針子だもの

皮膚の皺の線から襞　縛りようまで
ママにはあまりに凄惨な……
少女の髪はひかがみまで

戦争は終わってない
友だちったら　賢くて
たくさん教えてくれる
いろんなところで戦争なんだって
子どもの助けてっていう声は消されちゃうって

〈いま〉って　あなたの〈いま〉
わたしの〈いま〉
爆撃をうけ　逃げてる少女リーザ

時空は枯渇しない

森から出ていって
気づいていたかしら　おばさん
弾が命中しなかったのは不思議
川にたどりついてね

ママエフの丘の昏れ色
丘からの広く長い階段を　孤愁を憶えるのか
無言でゆるゆる降りてくるなり
乗客たち　タラップを踏む

離岸する

＊一九四二年八月二十三日から四三年二月二日、スターリングラードをめぐりドイツ軍とソ連軍により繰りひろげられた。

水甕から零してしまおうか　ぞっくり

さあ　なんなりと
ほのかに紅い
灰白色の脳髄の入っている水甕から
零してしまおうか　ぞっくり
あなたを

夜が更ければ
訪ねてこられると待っていました
ヴェールを纏い　おいでになりましたね

ママエフの丘からの距離は
測りえない
深い森に迷いこみ
お嬢さんのリーザから
話を聞かせてもらいました

リーザとの身勝手な会話
耐えしのぶ魂の響きだった
忘れることなどない　懐かしいあの声を

褪せることのない時をかけ
あるいは瞬刻の語らいでした
追放されるようにして船に戻り
部屋に閉じこもり

リーザのママから
断罪されることを予覚したのです

脆弱な少女への尋問だとわからなかったとは
残忍さの赦しをこう資格などあるものか
しばしの旅人に　いっそ

独ソ戦の鋼鉄の森に
いまだ人が潜んでいることに竦（すく）みました
リーザを追いつめてしまった
あの声こそ
ひそやかで謎めいた音源のようでした

あの子からはぐれてしまった
集中砲火をあび

意識がうすくなっていく
娘は　本当にいたのだろうか

スターリングラードの
あの森には
お嬢さんと仲間たち
しんしんとしても灼熱の
金属に縺れて組みこまれていたのです
爆弾で飛び散った部位をあつめて
ほかの人の断片でも
接ぎあわせてくれたのはママにきまってる
リーザが
聞かせてくれたのです
陽ざしを恋しがっていました

いつの時代の戦禍も
はじまりばかり　終焉はない
ねばついた血　傷ついた身体　愛おしい

リーザのママ
幽明を透かし
ふうわり靡いている
わたしはみずからの浅慮に撃たれつづけなければならない

死と生の境界
極寒からの抱擁からもとかれる
ヴェールの下は　子どものことさえ忘れさせる闇黒

ことばは喪失をなぞらせずにはおかない　それゆえ
わずかな希望がありえましょう

子どものしなやかな生身にかなうもの
抱きしめることをおいては
新たなことばの羽化を……

なんなりと　さあ

ほのかに紅い灰白色の脳髄の浮いている水甕から
零してしまいたい　余さず
おまえを

詩とバラライカの夕べ　ヴォルガからドン川へ

ヴォルガからドン川へ
船旅の最終地
ロストフ・ナ・ドヌーまで　あと二日
異土から舞いこみ
聴きいっていたのだろうか　協奏する幻想を
今宵　催される「詩とバラライカの夕べ」
詩の朗読を乞われた
旅のはじまりに

ロシアの詩の朗読をしてくれたイリーナさんからの頼み
かの女にだけポエットと伝えてあった
唐突さこそ至純な得がたさか

あれっ　詩集　旅に持ってきてない
詩のスケッチ帳だけ
デッキの隅で　残照をうけ
遠いことばを書きとろうとしたつもりの
皺くちゃになったページ
どうにかつなげて　清書するしか
母語を声に　響きを　せめて
会場のタンズバーの扉をあける
談笑の熱気がこもり
たがいの誇りをそれとなく許しあう賑やかさ

河風に乗ると
水をたたえた原郷が恋しい
流れをとおして束ねられた幻の声のようにも

河風に吹かれる
記憶のほのかな明るみから
忘れられない人のささやかな仕草が

いのちを享けるとは　どうじに
死が棲みついてしまう　そんな個として
選ばれてしまった
叶うことなら
深奥から
わたしの背を割り
憧れというものの飛翔が

いつか銀河に読みきられるまで

夜空を見あげる　きょうのパトス

漣を擁するがまま　ヴォルガ
ドンはたえることなく流れ
口承の枝がしずかにきしみだす森　鐘の音
どんな一日も精彩をひめてあれ

ちいさな詩にあたたかい拍手

長老の登場
崇高さを天空まで引きあげようとするドイツ語のリズム感
聴きいる者たちに佳境のとどめ

仄暗い林に誘いこむドイツ女性の暗唱
ベルギーの詩人の朗読　地底湖からのよう

バラライカの独奏に
みずからを掻きならすロシア青年の若さ
かれは棄ておかれる
陶酔から　それとも
うち忘れられることなどものともせずか

音色は蘇生へ

往時の荒れさびた足跡　その顚末の
　靄にまぎれこむ
　　わたしは微笑をかがり
　　　未来の桟橋のうらてに置いてくる

ひややかなる儀礼……

この秋も別の秋に入れかわるだろう

*

列車の窓から　二〇二三年春　ウクライナから子どもたちの誘拐

さっと筋雲
きみは友だちの待つ広場へまっしぐら
角のパン屋のところを曲がると
足が笑って騒ぎだす
水のみ場めがけ　みんな
靴から頭までびしょ濡れ
思いっきり跳びあがる
空を突きぬけ
陥没するほど墜ちるんだ
きかん気なくせに泣き虫

の小突きあい
喧嘩は晴れやか
欠かせない儀式
土手を走る
あの　呼び声

おしゃべりの種子
あなたは撒きちらしてる　たっぷりと
小花の咲きあがるルピナス　ポピー　ガーベラ
……の心音の傍ら
大人になったら　花のお医者よ
従姉からの受けうり
柔らかな裸足たち　木の枝さぐり
果敢に攀じのぼっていく
なんとも麗しい物語の塔から　しのび笑いの渦

友だちとの秘めごと　の索引
翻る　解読しがたい
未知の文字

子どもは　走ってないといられない
舌をのぞかせないではいられない
〈いま〉っていう陽ざし　浴びている
生身のすみまで
誇りもつ無垢の同族

*

二〇二二年二月二十四日未明　ウクライナは雪がふっていたか
爆撃音にすくみあがる

仔猫
子どもたち
光る鉄鎖が膚を緊めつけようとするから
声がでない　動けない
ひとりの内部
小さな部屋の見えない扉に鍵をかけたまま
鍵のありかは　どこ?

風は森を吹きわたり
眠らない
眠らせることはない
血の恐怖　血のかようことばを握りしめ
燃えつきることのない祈り
共に生きるには　どうする?

霧たちこめる国境をこえ
移送されていく列車の窓から
山並みを見るでもなく
子どもはうずくまる　自分という傷に
あの小さな部屋

「ママのスープ
お家はすぐ」

あとがき

この詩集は、二〇一九年の秋、ロシアのヴォルガ、ドン川を船で下った旅をモチーフにしたものである。

海外を旅するなかでも、なぜか中央アジアと東欧の境界にあるカスピ海に呼ばれるような不思議な力に抗えず、さまよってきたようにも思う。二〇〇二年、ウズベキスタンにはじまり、アジアの国々、トルコ、旧東ドイツから中東欧、南コーカサス、イラン、そしてロシアのヴォルガ川へ……。様々な民族、国境を越えた人々と共に生きる覚悟のようなものを質されるかのように。めぐり会えた人の目をみつめ、声の響きに聴きいり、いのちそのものの謎に触れたかった。無謀にも。

ロシア文学者で、詩人の工藤正廣先生が二〇一九年五月に未知谷から出版された物語『アリョーシャ年代記』三部作を、私はロシアから帰国後、時をおかず読む機会をもち、十四世紀のロシアの曠野を舞台に青年アリョーシャの成長が描かれた傑作にふるえるほどの感動を覚えました。

その後、詩誌「午前」を編集・発行されている詩人、布川鴇さんのご紹介で工藤先生にお目にかかる機会を得、この五年間に先生の数多くの著作を拝読してまいりました。この度、工藤先生から拙詩集への帯文をいただけましたこと、心からお礼申し上げます。

いまは亡き長谷川龍生さんの教えに導かれ、先生の代表的詩論「移動と転換」に示唆をえて、詩を書きつづけることへの厳しくも温かい励ましをいただいて参りました。どれだけ感謝してもしきれない思いです。『秘の陸にて』からのご縁で、またいつか一緒に詩集をつくりましょうと声をかけてくださった藤井一乃さんには、最後まで根気づよくお付き合いいただきました。心より感謝いたします。装幀を手がけてくださった山元伸子さんにも、あつくお礼申し上げます。ありがとうございました。

白井知子

二〇二三年盛夏

白井知子

東京生まれ

詩集
『血族』（一九八四年・小林出版）
『あやうい微笑』（一九九九年・思潮社）日本詩人クラブ新人賞
『秘の陸にて』（二〇〇七年・思潮社）
『地に宿る』（二〇一一年・思潮社）
『漂う雌型』（二〇一六年・思潮社）
『旅を編む』（二〇一九年・思潮社）

詩誌「Jeu」同人
日本現代詩人会、日本詩人クラブ、日本文藝家協会会員